당신은 누구십니까

수우당 시인선 010

당신은 누구십니까

2023년 4월 25일 초판 인쇄

지은이 | 표성배
펴낸이 | 서정모
펴낸곳 | 도서출판 수우당

주　소 | 51516 창원시 성산구 외동반림로 126번길 50
전　화 | 055-263-7365
팩　스 | 055-283-8365
이메일 | dlp1482@hanmail.net
출판등록 | 제567-2018-7호(2018.2.12)

ISBN 979-11-91906-18-9-03810

값 12,000원

＊이 시집은 2023년도 경남문화예술진흥원의 문화예술지원을 보조받아 발간되었습니다.
＊잘못된 책은 바꾸어 드립니다.
＊저자와 협의하여 인지를 붙이지 않습니다.

수우당 시인선 010

당신은
누구십니꺼

표성배 시집

수우당

표 성 배

경남 의령에서 태어나 1995년 제6회 〈마창노련문학상〉을 받으며 작품 활동을 시작했다.

시집으로 『아침 햇살이 그립다』, 『저 겨울산 너머에는』, 『개나리 꽃눈』, 『공장은 안녕하다』, 『기찬 날』, 『기계라도 따뜻하게』, 『은근히 즐거운』, 『내일은 희망이 아니다』, 『자갈자갈』 등이 있고, 시산문집으로 『미안하다』가 있다.

2021년 제7회 경남작가상을 받았다.

하늘은
누구의 하늘이 아닙니다.
바로 당신 하늘입니다.
그런데 당신은 누구십니까
한 번도 하늘을 탐내지 않으신 당신
평생 성실하게 일만 한 당신
착하고 착한 당신
그래서 묻습니다.
정말,
당신은 누구십니까

2023년 봄 마산에서
표 성 배

|차 례|

시인의 말

제1부

제**2**부

제**3**부

제**4**부

제 1 부

봄이면

공장 고철장을 배경으로 가지를 뻗은 목련 한 그루 (나는 그의 꽃말인 '숭고한 정신과 우애'를 믿는다) 내가 믿든 믿지 않든, 그는 화사하게 피었다 처절하게 죽는다 너를 볼 때마다 일터에서 쫓겨난 형들에게 미안하지만, 미안하다가도 나는 언제까지 일할 수 있을까 아니, 쫓겨나지 않고 버틸 수 있을까 그런 생각을 하다가도 해마다 멈추지 않고 꽃을 피워내는 너의 노동에 또, 가슴이 뛴다

동굴은 끝이 없다

어두운 동굴 앞에 서보지 않고는 알 수 없는 떨림, 그래서 당신은 나의 첫 동굴이 되었다 막막한 벽 앞에 서보지 않고는 알 수 없는 떨림, 그래서 당신은 나의 첫 벽이 되었다 기계 앞에 처음 섰을 때, 누런 월급봉투를 처음 받았을 때 밀려오던 그 벅찬 떨림 (그러나, 그러나 지치지 않고 달리는 시간 앞에서) 나는 점점 두려워지고 있다

물어볼 데가 없다

저녁 답 동네 한 바퀴 걸어 보는 것이 일이다 언제부턴가
어둠이 벗이자 동지다 나의 벗, 나의 동지, 하루하루 먹고
사는 일을 두고 어떻게 사회학적으로 난해한, 철학적으로
고상하게 표현할 수 있을까 (사실, 지난날 쏟았던 열정에
관해 물어볼 데가 없다) 나는, 지금, 밥이 문제인데 별은
왜 갈수록 먼 곳에서만 빛나나

하늘은 누구의 하늘이 아니다

모든 새가 하늘을 난다고 생각하지 마시라 (한 번도 날아 보지 못한 새는 하늘이 있는지조차 모른다) 공상에서 망치를 두드리느라 하루가 어찌 가는 줄도 모르는 저 시시 포스의 하루를 보라 하늘은 누구의 하늘이 아니다 당신의 하늘이다

공장을 사랑하고부터

내가 그를 처음 만났을 때 그는 알몸이었다 그 푸른 가슴
에 안겼을 때도 그는 알몸이었다 내가 그의 품속에서 내
일을 꿈꾸는 동안에도 그는 여전히 알몸이었다 수십 년이
지나도 변함없이 알몸인 (그럼, 그동안, 내가 꾼 꿈은 어
디로 갔나) 그는 여전히 알몸인데 나는 그의 손아귀에서
벗어날 수가 없다

알 수 없어요

어둠이 오기 전 어둠과 함께 올 두려움에 대해 알고 있다
는 것은 얼마나 큰 두려움이냐 (이 시를 읽는 당신) 혹,
오늘 해고되지 않았다면 내일 해고될지 모른다 몰라서,
모르니까, 모르기 때문에 나는, 당신은 내일이 더 두렵다

휘이— 휘파람을 불어요

월급날이다 휘이— 휘파람을 불며, 월마트 이마트 롯데마
트 홈플러스 대형 할인점 간판을 떠올리다 (나는 작아진
다) 오렌지마트 빅세일마트 동남마트 한들마트 상설할인
점 앞을 지나 나는 점점 작아진다 동네 슈퍼마켓에 들러
라면과 소주 한 병 딸아이가 좋아하는 쫄쫄이와 쫀디기를
사고는 나는 점점점 작아진다 그래도 오늘은 월급날 휘이—
휘이— 휘파람을 불어요

참 멀리 왔다

참, 많이도 멀리 왔다 경상남도 의령군 유곡면 상곡리 907번지 산그늘 밑 돌고 돌아 창원시 의창구 대원동 82번지 기계 소리 쟁쟁한 그 긴 시간을 거슬러 연어는 되돌아오지만 나는, 되돌아갈 수 없다 온 길은 달빛도 무거워 등이 휘는데 (첫 아이가 울음을 터뜨리던 순간을, 내 어깨를 두드려주시던 아버지 손마저 잡을 수 없는) 어쩌랴, 어떻게 설명할 수 없는 나에게도 따뜻한 저녁이 필요하다는 사실을 알기까지 참, 많이도 멀리 왔다

첫 출근하던 날

민들레 꽃씨 하나 사뿐 날아들었습니다 굉음과 굉음 불꽃
과 불꽃 기계 소리와 기계 소리 질서정연한 작업장 (열린
창문 넘어 어디쯤에서 왔을까요) 저, 가늘고 여린 몸뚱이
를 보기에도 날카로운 굉음의 시간이 그냥 둘지 걱정입니
다 (걱정이에요) 팽팽하게 긴장된 내 어깨를 가만가만 두
드려 주던 형들을 떠올리며, 저렇게 가늘고 여린 손을 가
만히 잡아주었습니다

희망퇴직을 한 선배가 쓰던 기계 앞에서

웅크리고 있는 그의 등이 두꺼비를 닮았다 (손대면 내가
먼저 움찔할 것 같다) 열정만으로는 여기까지 올 수 없었
다고 그의 몸 여기저기 남아 있는 흉터가 대신 답하고 있
다 나는 무슨 말을 했던가 그의 대답을 들으면서도 기억
이 없다

종쳤다

봄이다 봄, 늙은 감나무 졸가리에 서성이던, 한가롭던 햇
살들 어슬렁 내려와 주검처럼 잔디밭에 널브러져 있는 작
업복 단추를 채운다 (일어나라 일어나라 전사들이여!) 꼭,
지난봄 상판床板 난간에서 용접하다 떨어져 죽은 동규 아
내 울음소리처럼 처절하게 들리는 봄 점심시간 (보기에도
처참한, 처참하여 오히려 경이로운) 다국적 전사들이여 일
하러 가자 종쳤다

쓰러지면 표적이 아니다

손가락이 잘리고 팔이 달아나고 허리가 접혀도 쓰러지면
안 된다 햇볕이 정조준하는 여름 야외작업장 (용접 불꽃
위에 직선으로 내리꽂히는 저 강렬함) 안전모가 후끈 달
아오르고 따라 머릿속이 지글지글 끓어 온몸이 화끈거린
다 달랑, 몸뚱이 하나 숨길 곳 없는 사막 한가운데처럼
온전하게 노출된 표적 저 사람이 위험하다

말매미

매미 한 마리 야외작업장 크레인 아래 처박혀 있다 왕왕—
목 놓아 울던 말매미다 지난 한 철 말처럼 씩씩하게 한
번이라도 바람을 갈라 봤을까? (너무나 너무나 가벼운
몸) 어디에도 바람을 가르는 말발굽 소리는 흔적도 없다
늦더위가 기승氣勝을 부리는 한낮, 어디선가 천리마처럼
바람을 가르는 앵—앵— 구급차 소리

고철 통에 버려지는 근육질의 시간

안전사고 따위는 짧은 뉴스거리도 되지 않는다 토막 난
시간을 쓸어 모아 (찰칵) 사진을 찍고, 서둘러 구급차가
횡하니 떠나고 나면 (썰렁) 말라붙은 핏자국 앞에 두고 눈
물 뚝뚝 사치인지 모른다 하늘엔 먹장구름 몰려왔다 비
한 방울 없이 잠시 머물렀다 떠나면, 멈춘 시간은 더 이
상 시간이 아니다 여기저기 팔팔한, 새파란, 근육질의 시
간이 오늘도 툭! 툭! 고철 통에 버려지고 있다

당신은 누구십니까 1

픽— 쓰러지듯 누워서는 무슨 꿈 꿀까 (무슨 꿈이라도 꾸
고 있을까) 나무 그늘이 짧아 발목을 내놓고 잠들어 있는,
아니, 아니 언제라도 박차고 일어나 망치를 들고 수출 탑
을 더 높이 높이 쌓겠다는 듯 꿈틀거리는 (저 푸른 힘줄
좀 봐) 점심시간이면 나무 그늘에 종이상자를 깔고 누워
습관처럼 내일을 꿈꾸기에 바쁜, 바쁜 당신은 누구십니까

당신은 누구십니까 2

관 속에서 망치 소리가 난다 (땅, 땅, 땅) 관 뚜껑을 열자
당신은 간데없고 반듯하게 누워 있는 망치 한 자루, 누가
저 망치질을 멈추게 할 수 있으랴

봄여름가을겨울

무슨 고요가 이리도 평화로운가 (봄여름가을겨울) 하늘은
구름이 있어 천둥소리로 머리띠를 매는데 바다는 바람이
있어 파도로 깃발을 흔드는데 (아— 봄여름가을겨울) 머
리띠도 깃발도 빼앗기고 밥 앞에 목맨 두려운 시간만이
흐르는 변함없는 이곳엔 누가 사나?

꽃 무덤

확 피었다 지고 마는 봄꽃처럼, 한 번이라도 피어 보기나 했을까 (1980년 공장에 돈 벌러 간 열다섯 내 누님 몸에서는 씻어도 씻어도 고무 꽃향기가 났다) 2022년 오늘도 수출 역군 현수막이 나풀거리는 공단에는 열다섯 내 누님 대신 필리핀 몽골 베트남에서 날아와 코피를 쏟는, 파릇파릇 다국적 꽃 무더기들 한 번이라도 피어나 볼까

삼 년 고개

일 년짜리 계약서에 서명한 날, 삼 년 고개 전설처럼 한
번 더 넘어지자 한 번 더, 더, 넘어지자 넘어지는 것만으
로도 위안이 되는 (넘어졌다 일어나 다시 넘어지고 다시
넘어지고 일어나서는) 더 이상 넘어지는 것도 욕심이다
싶은 일 년짜리 계약서에 서명한 날

제 2 부

사랑한다는 말 1

사랑한다고, 사랑한다고……, 말하는 동안 붙잡아 둘 수
없는 언어의 끝을 보았다 언어의 무게는 말을 내뱉는 것
이 아니라, 말을 삼키는 것이라고 어머니께서 공장에 처
음 출근하는 내 손을 가만히 잡아 주었다 (말은 처음부터
밤의 언어) 수고했다고 수고했다고……, 철야 작업을 마치
고 공장 정문을 걸어 나가는 초롱초롱한 너의 눈에서 어
머니를 본다

하늘 고드름

계곡 층층 얼음 기둥이 시퍼렇다 (불기둥이다) 한 번 마음 굳어 버린 길에서 제 길 찾기 쉽지 않다는 걸 스스로 알아차리고는, 제 성질 삭이지 못해 하늘로 하늘로 치솟은 게 틀림없어 치솟다, 치솟다 결국 녹아내리고 말 (그때는 왜 그랬는지 몰라요) 아버지 앞에서 씩씩거리며 하늘 밑 구멍을 찔러댔었지 한 번도 잘못했다는 말 한마디 한 적 없다 저 하늘 고드름 앞에 서서 아버지 제가 잘못했어요 씩씩거리다 알았답니다 아버지 앞에 살포시 녹아내린 걸, 늦어도 한 참 늦었습니다 아버지

애들이 어찌 자랐는지 몰라요

사실, 정말, 무책임하게도 애들이 어떻게 컸는지 몰라요
눈 뜨면 공장이고, 눈 감아도 공장이고 (그럼, 공장이 애
들을 키우고— 키웠네— 키웠어) 사실입니다 사실이에요
일만 하면 되는 줄 알았다니까요 (정말이에요) 그래서 아
내에게 더 미안하죠

초인종은 눌러야 소리가 납니다

(도시에는 키 작은 봄꽃도, 쉴 새 없이 재잘거리던 키 큰 대나무도 없습니다) 긴 그림자를 끌고 오느라 허리가 굽은 어머니 오늘은 어디에 두 눈과 귀를 모으고 계십니까 살짝살짝 고개 돌리십니까 저 먼 하늘은 이제 하늘이 아닙니다

시간이 뚝 부러졌다

파릇하게 돋았던 잎이 시퍼렇더니 누렇게 바래어 툭 떨어진다 이제 저 잎의 시간은 없다 없다고, 느끼는 순간 왈칵 눈물이 쏟아진다 당신과 나 사이 칼이 물을 베고 지날 때마다 조금씩 금가고 골이 패고 보이지 않던 상처가 쌓이고 쌓여 건널 수 없는 강 (그 강 앞에서) 후회가 파도처럼 밀려든다 파릇한 연둣빛 시간이, 시퍼렇게 살아 날뛰었던 시간이, 쓰윽 지나쳐 버렸던 시간이 뚝 부러졌을 때, 그때, 그때야 내가 아프다 너무 늦었다

당산나무

나이로 치자면 이미 이 세상을 몇 번은 왔다 갔겠다 저어
기— 가슴에 바람길이 반듯하게 보이지만, 속은 이미 다
비었다 당신 그늘에 잠시라도 쉬어 간 영혼을 생각한다
(저어기—) 뻥 뚫린 바람길 앞에서 나는 어떤 소원을 빌어
야 하나 이미, 아버지는 당산나무가 되었고 어머니는 속
이 텅 비었다

노동과 자본

아직도 달리고 있는가 멈출 수 없는, 멈추는 순간 파산破産
인 자본 (쯧쯧 불쌍한 것) 사실은 내가 더 불쌍한데 누가
내 굽은 등을 쓰다듬어 주랴 이런 생각을 하는 시간에도
내 가랑이가 한 발이나 찢어지는— 어쩌나, 이를 어쩌나,
어찌할 수 없는 사이라는 것을 점점 알아버린 이런 낭패
가 있나

시와 자본주의

이 무덤덤한 자본 (이렇게 쓰고 보니 잘 못 썼다) 무덤덤
하기로는 내가 더하다 어지간한 일에는 눈도 깜빡 안 한
지 오래되었다 그저 그러려니 한다 (생각해 보니 이런 말
이 더 어울리겠다) 우린 아무리 봐도 어울리지 않는 한
쌍, 블랙코미디가 따로 없다

생각의 끝은

생각의 끝은 입인가요 어머니 가슴이 뜨겁습니다 눈물이 납니다 (어머니) 얘야, 가슴을 함부로 내보이지 말거라 생각이 어디를 향해 있는지 입을 보면 안단다 얘야

이 어처구니

아무것도 지킬 게 없다는 것은 더 이상 잃을 게 없다는
것, 내려가려야 내려갈 수 없는 밑바닥까지 왔다는 것, 이
제 밥줄을 거는 일 외는 더 이상 걸게 없다는 것 (자네
말에 쉽게 동의하지만) 그러나, 그래서, 그래도 선뜻 밥줄
을 걸 수 없는 것은 왜일까 밥 한 그릇을 위해 밥줄을 걸
어야 하는 이 어처구니

눈물 냄새

슬픈 것은 눈물이 아닌데 슬픔과 눈물이 한 몸인 것처럼
또, 슬픈 냄새가 난다 (공장은 알다가도 모를 일) 어둠도
없는 하늘에 별을 매달겠다고 잔업에, 철야에 휴일도 없
는, 불 밝힌 공장 천장이 내가 꿈꾸는 별을 잡아먹고 있
다 (그러나, 그것을 공장 안에서는 알 수 없는 일) 봐라
또, 슬픈 냄새가 난다 꿈이란 하늘에 매다는 것인데, 공장
바닥에 별이 빛나다니

당신은 무슨 빛깔입니까

백합 같은 누이들 혹은, 공장에 간 누이들 (누이들은 무슨 빛깔일까) 무슨 빛깔인지 몰라 그때는 왜 몰랐을까 순진하게시리 누이는 누이의 빛깔이라는 것을, 무뚝뚝하기도 혹은, 발랄하기도 격정적이기도 혹은, 고요하기도 현란하기도 혹은, 단순하기도 한, 처음이자 마지막으로 물어보는 나는, 당신은 어떤 빛깔입니까 (순진하게 시리 그걸 왜 물어보나)

아버지

자식 농사 잘못 지은 죄 크다 (이 문장에서 가뿐히 벗어날 아버지가 몇이나 될까) 연신 깡소주를 한입에 탁! 털어 넣는 친구의 빈 소주잔을 가만히 채워 주다 보니, 30년 전 아버지께서 내 앞에 앉아 소주잔을 받고 계셨다

심부

'공장'을 그냥 '공장'이라 하지 않으려 애씁니다 (그러나
여전히 공장을 공장이라 부르는 시간만 가득합니다) 당신
은 늘 '심부'에 대해 말했지요 한곳에 뿌리를 박는 것은
무슨 의식 같은 것인지 모르지만, 가족을 먼저 생각하는
마음이라는 것을 압니다 (언제부터인지 모르지만 공장을
공장이라 하지 않고, '밥'이나 '터'라고 말하기 시작하고
부터) 당신이 말하던 '심부'라는 말을 이해하게 되었습니
다 늦었지만 공장이 논이고 밭이라는 것을 점점 알아가는
중입니다

제 기도를 누가 들어나 줄까요

사실 한 두려움이 끝나면 다른 두려움 앞에 서 있었다 봄
햇살마저 지나치는 가난한 골목이 전부였던 시간, 내 마
음에는 무슨 간절함으로 꽉 차 있었나 (해고자를 복직시
켜 주세요 고용안정을 바랍니다 비정규직 없는 일터를 만
들고 싶습니다 일하다 죽는 노동자가 없게 해 주세요 노
동자가 가슴 뿌듯한 그런 사회를 만들고 싶습니다) 지금
도 노동자는 눈앞에 낚싯바늘을 둔 물고기처럼 위태위태
한 시간입니다

밥은 평등하다

당신이 망치를 내리치자 밥이 생겼다면 망치가 밥이다 기
계가 돌아가자 밥이 생겼다면 기계가 밥이다 따뜻한 밥
한 그릇 위해 오늘을 죽이며 내일을 사는 당신, 첫 월급
을 받았을 때 이제 밥걱정하지 않아도 된다는 그 기쁨이
란 그 안도安堵란 수십 년 전이나 수십 년 후나 강물처럼
변하지 않을 것이라는, 빛을 낮이라 부르고 어둠을 밤이
라 부른 것처럼 모든 진리의 첫 번째가 되어버린 밥, 그
래서 밥은 평등하다 (그러나, 그러나)

밥은 가혹하다

한여름에도 두꺼운 작업복에 마스크에 보안경에 귀마개에
귀 덮개에 안전모에 가죽 앞치마에 안전화에 가죽장갑을
끼고 용접을 하는 당신 (당신은 살인을 저질렀거나 사기
를 쳤거나 물건을 훔쳤거나 심지어 나쁜 마음을 먹어 무
슨 벌을 받는 게 아닙니다) 당신이 고통스런 짐을 진 이
유가 단순히 밥 때문이라면, 그 밥을 위해 보안경 속에서
눈물을 훔치는지 안전모 속에 걱정거리가 뭉치는지 입술
을 깨물며 울음을 참는지 노동자는 다 아는데 하물며, 하
느님 부처님이 그걸 몰라 그냥 보고만 있겠습니까

이슬 떨어지는 소리에

똑! 똑! 이슬 떨어지는 소리에 공장 문이 활짝 열린다 저 끝없는 우주도 이처럼 귀가 열리는지 모른다 (그러나, 그러나, 공장문은 단 하루도 닫힌 적 없다)

빼앗긴 내일

1914년 9월 16일, 죽은 사람은 더 이상 아침도 저녁도 맞이할 수 없다* 이 문장을 나는 2014년 4월 16일 진도 팽목항과 2022년 10월 29일 이태원 해밀톤호텔 앞 골목에 나란히 놓는다

*『빼앗긴 내일』은 아이들이 쓴 전쟁 일기 집이다. 1. 2차 세계대전, 베트남 전쟁, 보스니아 전쟁, 이스라엘과 팔레스타인 분쟁, 이라크 전쟁을 겪은 8명의 아이가 쓴 전쟁 일기를 모았다. *문장은 책 속에서 가져왔다. 즐라타 필리포빅, 멜라니 첼린저 엮음, 정미영 옮김, 한겨레아이들, 2008

사랑한다는 말 2

햇살의 깊이를 가늠할 수 없듯, 바람의 무게를 잴 수 없
듯, 하물며 사랑을 (나는 너무 쉽게 이 말을 내뱉은 적 있
다)

제 3 부

감자꽃이 피었다

감자꽃이 피었다 감자꽃이 피었다 긴 해 따라 어질어질
감자꽃이 피었다 감자꽃이 피었다

이런 가을조차

어떤 이론으로도 설명되지 않는, 가령 사과가 익어 간다
는 말, 말이 살찐다는 말, 하늘이 푸르다는 말, 황금빛 들
녘, 구릿빛 땀방울과 같은, 어떤 이념에도 물들지 않는 가
을, 이런, 이런 가을이라는 말에도 이념이 숨어 있다는 것
을 당신만 모른다

늘 하던 대로가 신통찮을 때

늘 하던 대로가 신통찮을 땐 가끔은 그렇다 무슨 일 있나
없나 위아래 둘러봐도 무슨 일 있나 없나 없다 늘 하던
대로가 신통찮을 때 하루가 막막하다 내일이 따로 없다
(이런 때 당신은 무슨 생각을 하나) 다들 늘 하던 대로가
신통찮을 때, 정말 당신은 무슨 생각 하는가 좀 솔직해지
자 나이 들수록 단순해진다는데 정말 착하게 살자

이런 날이면

외로움이라는 것이 갑자기, 불쑥, 다가와 마음 흔들어 놓기 일쑤더라 이런 날이면 살짝 감은 눈으로 옛길 더듬고 더듬어 걷고 또 걸어야 잠들 수 있겠다 (⋯), 진정 외로운 사람은 불러 볼 이름이 있어도 쉽게 불러 볼 수 없다고 하는데, 아— 나는, 밤하늘 별 한둘 (⋯) 떨어지누나

작심삼일

신발 끈을 단단히 조인다 이때만 해도 나는 작심삼일이라
는 말을 경멸했다 (사실, 오늘도, 출발은 늘 그렇다)

신의 탄생

세월은 왜 가기만 하고 다시 오지 않는가 사람의 역사와 함께 진리가 되어버린 말들이 부초처럼 떠돌고 있다 집 밖에 나와 개처럼 긴 하품을 하는 동안에도 전화기는 쉴 새 없이 복음을 뱉어내느라 바쁘다 (대문 밖은 위험합니 다 가족도 조심하세요) 기쁨을 기쁨이게 하는 말씀은 이 제 없다 천당도 지옥도 말 한마디로 거침없이 만들고 지 웠지만, 예수도 부처도 전염병은 어쩌지 못한다니 과학을 신봉하라 또, 하나의 신이 탄생하고 있다

전보

옹이 같은 상처 하나씩 품지 않고 사는 이 있을까 (사랑
한다던 말이 왜 상처가 되는지 아직은 알 수 없어요) 가
만히 귀 기울이면 전보처럼 불쑥 찾아와 내 마음 흔들어
놓는 사랑한다 사랑한다던 말 나, 오늘, 전보 한 통 받았
다 툭툭 불거진 옹이 끝에서 상처뿐인 바람이 불고 있는

길이 끝나는 곳에서 산은 시작된다*

(애초 산도 길도 따로 없었을 터) 한 치 앞도 알 수 없는 내 길은 어디서 시작하고 어디서 끝나나, 나는, 이제, 한 발 떼어 놓기에도 이 하루가 벅차다

*허만하의 「낙타는 십 리 밖에서도」에서 가져다 씀.

새가 날 수 있는 것은 별 때문이다

새가 날 수 있는 것은 날개 때문이 아니다 별 때문이다
별을 향해 꿈꿀수록 가벼워진 마음이 하늘을 내 집처럼
만들고 있다 세상에 태어나 처음으로 으앙! 울음을 터뜨
릴 때, 별 하나 지상에 내려와 반짝 빛나다가도 도시 검
은 지붕 밑에서는 시나브로 빛을 잃고 만다 별이 사람들
에게 외면받는 동안 새들은 점점 별과 친해져 사람이 없
는 곳으로 날아갔다 (도시에서 새를 보기 힘든 것은 순전
히 별이 없기 때문이다) 새 한 마리 무게가 갈꽃처럼 가
벼워질수록 사람들은 점점 무거워지고 있다 새가 날 수
있는 것은 순전히 별 때문이다 믿어도 된다

별을 보며 꿈꾸던 시절은 없다

오늘날 하늘에서 별을 찾는 사람을 희귀종이라 부르게 되었다 (별은 하늘에 살아야 제 빛깔인데) 한 번 떨어진 별이 영영 솟아오를 줄 모르는 것은 사람들이 더 이상 하늘을 보지 않기 때문이다 언제부터 우린 소외疎外에 대해 곰곰 생각 중이다 그런데 생각하면 할수록 하늘이 낮아지고 있다

그냥 그리워하자

겨울엔 바람에 몸 맡긴 가로수 은행잎들 거처가 불안하다
그대 가던 길 멈추고서 뒤돌아보지 마시라 지나온 흔적이
란 아무리 가벼워도 마음 한쪽이 무겁다는데 지는 해처럼
쓸쓸한 나이엔 누구라도 좋으니 그냥 좀 그리워하자 짧은
순간 밀려오는 긴 노을처럼 살짝 눈시울 붉히며 (그냥 그
리워하자) 겨울엔, 겨울엔

바람의 길

바람의 길은 길이 아니라서 처음부터 목적지가 없는지 모른다 밥의 길은 길이 반듯하여 처음부터 목적지가 선명한지 모른다 바람과 밥의 길 앞에서 손바닥에 침을 올려놓고 탁! 탁! 몇 번이고 길을 물었던 적 있다 그때가 열다섯 살이었다

어떤 시절에는 당신의 손이 필요하다

이런 시절엔 (어떤 시절— 사실 늘 이런 시절이었다 나에게 당신에게 상식이 통하지 않는) 햇볕 한 토막이 절실한, 몇 번 겨울이 지나도 쌓인 눈이 녹지 않는 구석진 자리에는 제도制度의 바람이 칼처럼 날을 세우고 있다 슬쩍 손이 닿기만 해도 베이겠다 이런 시절엔 아니, 어떤 시절에라도 감히 누가 선뜻 손잡아 줄 수 있으랴 오늘 나는 좀 냉정해져야겠다 누구에게랄 것 없이 다짐을 꾹꾹 눌러 쓴다

담쟁이

벽이라는 벽은 모조리 점령하고 싶다 (사실 점령이라는 말은 무서운 말이지만, 이젠 일상어가 되었다) 이런 욕심을 좀 부려보면 어떨까 모조리 점령하고 싶다 너와 나 사이를 가로막는 남성과 여성이라는, 비정규직과 정규직이라는, 남과 북이라는 심지어 역사와 역사라는 오늘도 담쟁이는 한 발 한 발 견고한 벽을 타고 오른다

마찌꼬바 거리

(시간이 멈춘 곳) 나는 이렇게 되뇌며 걸어보는 것인데 몇 남지 않은 공장 앞을 지나며, 어두컴컴한 공장 안을 두리번거리며, 상기된 얼굴로 첫발을 디뎠던 내 지난 시간 위로 긴 그림자를 내리고 있는 아파트들 이제 그곳에서 자란 아이들은 내 시간 따위 상관없이 자신의 시간을 새길 것이다 (나는 이곳을 이곳만이라도 시간이 멈춘 곳이라 불러 보는데) 사실, 시간은 누구의 것도 아니지만, 아직도 오롯이 머물러 있는 키 작은 내 친구들, 추억이 되지 못한 흔적이 듬성듬성 솟아나 발부리에 툭툭 걸리는 마찌꼬바 거리

나도 혁명을 꿈꾼 적 있다

뜬눈으로 밤새워 댓잎처럼 푸르게 쓴 편지를 부치지 못
한 날, 내 꾸었던 꿈은 마땅히 가 닿을 주소가 없다 나는
알고 있다 그 편지를 다시는, 영영, 부치지 못할 것이라
는 걸

난청

망치 소리를 듣는 순간 망치를 먼저 떠 올리게 되다니
(이런, 이런, 이럴 줄 알았으면) 내 뜨거운 가슴에 내가
꾼 꿈에 좀 더 정확하게, 좀 더 세게 망치를 내리칠걸 그
랬어

평화

꽃 피는 봄이 와도 떨리는 몸 가눌 길 없어요 (왜일까요)
바람은 한결 몸 가볍게 바다 등을 쓰다듬고, 산허리를 감
아 내려도 나는 봄을 느낄 수 없어요 무엇이라고 꼭 집어
말할 수 없는 그런 봄날, 두 눈 똑바로 뜨고 새겨 씁니다
당신은 당신이 부르고 싶은 이름, 나는 내가 부르고 싶은
이름, 혹시 모르잖아요 그 이름이 하나의 이름이 될지 그
이름을 쓰다 보면 지난겨울이 눈 녹듯 사라지는 것을 우
린 보게 될 겁니다

제 **4** 부

평화시장

평화, 평화시장엔 평화란 없다 (앞으로도 없을지 모른다)
날 수 없는 비둘기들이 꿈꾸는 평화, 평화시장 구구구 구
구단이 전부인 산수 실력으론 어림없는 평화, 평화시장,
자유시장, 신자유주의 시장, 하루 열네 시간 모이를 쪼아
도 배고픈 비둘기들이 꿈꾸는 평화, 평화시장엔 평화만
없다

아— 대한민국

하나의 민족이 남과 북 북과 남으로 갈라져 원수처럼 (정
말) 촛불과 태극기 태극기와 촛불로 갈라져 (정말, 정말)
정규직과 비정규직 비정규직과 정규직으로 갈라져 (정말,
정말, 정말) 대한민국은 아직도 이 경계에서 한 발짝도 더
나아가지 못하고 있다 아— 대한민국

원초적인 말

(내뱉는 순간 나는 당신은 살아있다) 노동자도 인간이다
인간답게 살고 싶다 말의 홍수 속에 이보다 더 명징한 말
있을까 캄캄한 어둠 속에서 북극성처럼 길 일러주는

별은 모래별 바람은 모래바람

부는 바람은 모래바람 반짝이는 별은 모래별, 저 혼자 빛
나기에도 바쁜 모래, 모래 같은, 한때는 (그래, 정말 한때
는) 노동자가 외치는 구호도 머리띠도 한 빛깔 한 목소리
였으나 지금은 전설이 되었다 언제쯤 따뜻한 바람 불어
그 바람에 스르르 가슴 열려 별이 빛나게 될지 지금은,
부는 바람은 모래바람 반짝이는 별은 모래별

일제히 일어서는 저 삐삐 꽃들

머리띠를 묶는 한 무리 바람 일제히 누웠다 일어서는 저,
삐삐 꽃들 간절함이란 목소리로 표현할 수 없는 몸의 언
어라는 것을 실천한 사람들, 솥발산* 아래는 아무리 무겁
고 짙은 어둠이라도 한 줄기 햇살에 꽁무니를 빼고 만다

*양산 '솥발산' 열사 묘역에는 박창수, 이영일, 배달호, 김주익 등 많은 노
동 열사가 잠들어 있다.

시소

한 번도 생각해 보지 않았다 그런데, 왜, 놀이터에서, 시
소 앞에서, 이념을 떠올렸을까 평등이 보장된 저 불안한
동거 올라갔다 내려갔다 (아이들이 시소 놀이에 열중이
다) 이 평화로운

사월 지리산

우우 우— 새까맣게 몰려와서는 길과 길 경계와 경계 없
애고는 태연히 아침 햇살에 흩날리는 저 함박눈, 와아
와— 갑오년 농투성이처럼 능선에서 허리에서 깃발들 앞
세우고 진군나팔 소리에 일어서는 저 진달래, 온 가슴 핏
빛 머금은 사월 지리산

휘리릭

비 오고 비 그치는 사이 비 그치고 비 오는 사이 그사이 무엇이 왔다 갔는지 나는 모른다 눈 지그시 감고 비 그치는 소리 비 오는 소리 듣다 보면 (그 사이) 붉은 머리띠와 깃발과 함성과 최루탄과 군홧발이 휘리릭 휘리릭 내 이십 대가 휘리릭 삼십 대가 휘리릭 휘리릭 (나는 어디에도 없다) 비 오고 비 그치는 사이 비 그치고 비 오는 사이

한 세기의 끝에서 1

한 아이가 그네를 타고 있다, 왔다 갔다 얼마나 더 있어
야 엄마가 올까 나는 엄마처럼 기다리게 하지 않을 거야
(다짐하는 사이) 어둠이 완전히 내려앉은 세기의 끝, 한
아이가 그네를 타고 있다

한 세기의 끝에서 2

내가 만든 배가 물 위에 떠있네 내가 만든 비행기가 하늘을 나네 내가 만든 탱크가 불을 뿜네 (내가 만든) 내가 만든 밥이 나를 옭아매네 배는 가라앉고 비행기는 떨어지고 탱크는 나를 향해 불을 뿜네 후회해도 소용없는 시간 앞에서 누군가, 또, 배를 비행기를 탱크를 열심히 만들고 있네

빛고을 순례길

흘러내리지 않는 눈물은 뜨거움을 모른다 그러나 다 안다
강이 그 강이다 하늘이 그 하늘이다 땅이 그 땅이다 오월
이 그 오월이다 (침묵의 시간, 바위 같은, 무거운, 캄캄한,
어둠) 바람은 그렇게 불기만 했고, 하늘은 그렇게 말이 없
었고, 강물은 그렇게 흐르기만 했다 탕— 누가, 누구의
가슴에 총을 겨누었는지 이 거리에 서면 다 보인다

마산

눈 덮인 봉화산을 내려오다 보았다 그의 등이 쓸쓸해 보였다 모든 게 지난 일이라고 한 때 객기였다고 이제 나이가 목소리를 낮추게 한다고 (봉화대는 식어 말이 없는데) 지난 한 시절 그 당당함이 나를 부끄럽게 한다 눈 덮인 봉화산을 내려오다 보았다 부정 불법 선거 정치 모리배 독재 망령 일제 망령 지역주의 망령인 3·15 오적이 몸 구석구석 박혀 있는 마산, 이제 이름조차 희미하여 봉화산에 진달래가 불을 피우고 연기를 올려도 나는 부를 이름이 없다

사쿠라

유난히 눈이 많았다 삼월인데 그래도 눈싸움 한 번 즐기
지 못한 이 팽팽함, 긴장감이란 섬은 섬 독도는 독도 시
마네는 시마네 벚꽃은 벚꽃 무궁화는 무궁화 눈은 눈 (이
라고 단정 지을 수 없는) 창원공단 거리를 뒤덮을 듯 내
리는 눈송이가 벚꽃 같다는 생각을 왜 하게 되었을까
2005년 3월 16일* 눈 위에 군홧발을 찍으며 독도로 북상
중인 사쿠라 사쿠라

*2005년 3월 16일 일본 시마네현 의회가 독도가 자기네 땅이라며 다케시마
(독도)의 날을 제정하였다.

참 이상도 하지

참 이상도 하지 천만이 넘는 노동자가 산다는 나라, 대부
분 노동자는 가족도 친구도 친척도 심지어 애인도 노동자
일 확률이 99%다 참 이상도 하지 누군가 누구일까 당신
과 나 사이를 바둑판처럼 갈라놓듯 갈라놓아 저 자신 어
찌할 수 없는 바둑돌이라도 된 듯 (참 이상도 하지 천만
이 넘는 노동자가 산다는 나라) 대통령도 국회의원도 도
지사도 시장도 군수도 노동조합 위원장 하나 제대로 세우
지 못하는, 참 이상도 하지 한 번도 이상하다고 느껴보지
못한 너와 내가 노동자로 사는 나라

장복산*

(눈 덮인 장복산 마루가 푹, 안전모를 눌러 쓴 노동자 같다) 광대뼈처럼 툭 튀어나온 바위 하며 가죽 앞치마에 각반 찬 몸뚱이 같은 산허리 하며 멀리서 봐서는 그 실체를 명확히 알 수 없는 것 또한 닮았다 (눈 녹은 장복산 마루가 근육으로 똘똘 뭉친 노동자 같다) 쇠를 녹이고 굽히고 자르는 노동자들 땀방울이 송송한 얼굴 하며 멀리서 봐도 당당해 보여 그 실체를 알 수 있을 것 같은, 눈 덮인 장복산이, 눈 녹은 장복산이 어떤 게 진짜 장복산인지 나는 모른다 다만, 제자리를 지키고 서 있는 것은 무슨 역사적인 당위성當爲性 같은 게 있지 않을까 생각만 할 뿐이다

*장복산: 진해와 창원의 경계에 위치한 해발 582m의 산 정상에서 내려다보면 창원공단이 한눈에 보인다

마산수출자유지역

공장은 그 공장이 아니지만, 아침과 저녁 양떼구름처럼 몰려들었다 흩어지던 누이들 발소리는 아직도 합포만에 쟁쟁하다 이제는 아무도 기억하지 않는, 말하지 않는, 노동의 흔적, 흔적뿐인 한 시절 그 노동은 우리에게 무엇이었나 무엇을 말해주고 있나 공장은 여전히 그 자리를 지키고 있지만 그림자도 찾아볼 수 없다

꿈은 슬프다

수많은 발자국 사라지고 채워지는 공장, 애초 노동자와
꿈을 나란히 놓는 게 문제였다 한 밭에서 자라는 감자나
고구마도 생김새가 다른데 꿈꾸지 않아도 될 수 있는 게
노동자라면 정말, 꿈은 슬프다

일곱 시인의 일곱 이야기

시집 뒤에 발문(跋文)이나 해설 대신 시인이 쓴 시작 노트나 시인의 산문 또는 에필로그가 덧붙여 있는 시집을 종종 볼 수 있다. 예전에 자주 볼 수 없던 일이다. 지금까지 몇 권의 시집을 선보이면서 『공장은 안녕하다』(서정시학, 2004.), 『내일은 희망이 아니다』(삶창, 2018.)등 두 권의 시집에 해설 대신 〈시인의 산문〉을 덧붙인 적 있다.

보통 시집 뒤에 붙는 해설이나 발문은 문학평론가나 내가 아는 시인이 쓰는 게 정설처럼 되어 있다. 문학평론가가 쓴 해설을 읽다 보면 너무 어렵게 다가설 때도 있고, 어떨 땐 시와 해설이 너무 멀어 낯설 때도 있다. 더불어 동료 시인들이 쓸 때는 팔이 안으로 굽기 마련인 것처럼 읽다 보면 낯 뜨거울 때도 있다. 해설이나 발문이 시를 읽는 독자에게 이해의 폭을 넓히고 공감하는데 좀 더 가까이 다가가는 길 역할을 하는 것만은 맞아 보인다.

하지만, 어떤 시집을 읽다 보면 아예 해설이나 발문이 없는 시집도 있다. 오로지 독자에게 맡긴다는 뜻이지 않을까. 사실 어떤 방법이 맞는 방법인지는 정해진 게 없으니 가늠하기 어렵다. 해서 이번 시집에는 해설이나 발문 대신 함께 시를 쓰는 문우의 눈과 생각을 옮겨 오기로 했다. 다양성에 방점을 찍어보자는 의도다. 저의 의도에 맞게 되었는지는 저도 모른다.

제목을 '일곱 시인의 일곱 이야기'로 정했다. 한 권의 시집이지만 보는 눈에 따라 생각이 다르고 생각이 다르니 읽는 독자에게도 그만큼 다가가는 폭이 넓어지지 않을까 한다. 이것도 하나의 새로운 시도임은 틀림없다.

이러한 저의 의도에 함께 해 주신 객토 문학동인들께 감사하다. 시보다 더 빛나는 이야기가 되었으면 좋겠다.

가슴 뛰는 당신의 시가 있어 고맙다

거리에 꽃다지 피어 있고 꽃마리 앙증맞은 3월에, 표성배 시인의 『당신은 누구십니까』 시집이 세상에 나오기에 앞서 그 원고를 읽어보는 복을 누렸다. 일터에 붙인 복혜구족(福慧具足), 입춘대길(立春大吉) 덕일까? 먼저 '하늘은 바로 당신의 하늘'이라는 〈시인의 말〉에서 인내천(人乃天) 사상을 엿본다. 무엇보다 「마찌꼬바 거리」에서 말하듯 어린 나이에 철공소에서 일을 시작해 한평생 노동자로 살아온 시인의 노동자 사랑을 읽을 수 있어 기뻤다.

차례를 보니 일흔네 편의 시가 시인이 살아온 노동의 시간처럼 펼쳐져 있었다. 생명의 빛이 꺼질 때까지 아이들을 위해 동화를 쓴 권정생 선생을 닮아가고 있는 시인의 마음가짐에서, '멈추지 않고 꽃을 피워내는' 시인의 창작 활동에서 나를 돌아보기도 했다. 한 편씩 시를 읽어보는데 나는 잊고 있었던 '기계 앞에 처음 섰을 때'의 '그 벅찬 떨림'을 뚜렷이 기억하는 시인의 감성이 부러웠다. 객토 동인으로서 함께한다는 것이 고마웠고, 장

시간 노동과 산업재해 앞에 내몰린 노동자의 현실을 고발하고 끊임없이 사회에 경종(警鐘)을 울리며 희망으로 바꿔나가고자 노력하는 그 길에 어깨 겯고 갈 수 있어 더욱 기쁘다.

시집 속을 들여다보면 노동자의 삶은 여전히 「고철 통에 버려지는 근육질의 시간」처럼 내일이 더 두렵고, '한 발 떼어 놓기에도 이 하루가 벅차'지만 월급날만이라도 '휘파람을 불며' 살아갈 수 있는 시인의 낙관(樂觀)이 있어 노동의 장래는 밝을지 모른다. 그러나 현실은 막막하고 아득하기만 하다. 법의 보호를 받지 못하는 사각지대에 놓여있는 비정규직 노동자와 이주노동자의 현실에 마음이 가야 할 까닭이 거기 있다.

그래서 시인은 묻고 있다. 당신은 누구냐고, '머리띠도 깃발도 빼앗기고 밥 앞에 목맨' 노동 형제에게 묻고 있다. 정말 당신은 누구냐고? 그 질문에 답을 할 수 있는 노동과 노동자의 내일은 언제일까? 일 년짜리 계약서에 서명하고도 일자리를 얻었다는 것에 만족하고 살아가는 계약직 노동자에게도, 안정적인 고용이 보장된 정규직 노동자에게도, 특수고용직 노동자에게도 시인은 묻고 있다. 당신은 누구냐고.

시 「하늘 고드름」과 「애들이 어찌 자랐는지 몰라요」, 「시간이 뚝 부러졌다」를 읽으며 며칠 전 늦은 밤길을 걸으며 큰딸에게 전화를 걸어 "아빠가 옛날에 미안했어" 사과한 것이 떠오른다. 식구를 돌보지 못하고 일만 하고 살아온 표성배 시인이지만 시로 자신을 돌아보고 있어 동병상련(同病相憐)의 정을 느끼면서도 아직도 아내에게 "미안하다"라는 말 건네지 못하는 내가 부끄럽다.

(김성대 시인)

두 번째 이야기

밥을 만들며, 별이 빛나기를 꿈꾸는 망치

'당신은 누구십니까?' 고승의 화두 같은 질문 앞에 턱 숨이 막힌다. 나는 누구인가? 한 발짝도 옮겨 놓을 수 없어 망설이는데, 빤히 바라보며 순서를 기다리는 그의 글들 때문에 나는 누구인지를 비켜 그는 누구인지 그의 글 속으로 들어가 본다.

계절의 처음 봄, 그의 봄을 만난다. 목련꽃 화사한 그의 봄날은 망치 소리가 울린다. 앞과 끝을 알 수 없는 동굴 앞에서도 흘린 땀의 양만큼을 채우지 못한 누런 봉투 앞에서도 그는 망치질을 멈추지 않는다. 백화점이나 대형 마트 앞에서조차 작아지게 하는 월급이지만 동네 슈퍼에서 아이들의 쫀디기와 소주 한 병을 챙기고는 휘파람을 불게 하는 망치다. 그의 두려움, 열정, 도전의 터전 공장에서 생산된 글에는 망치 소리가 들린다. 시시포스처럼 망치가 없는 그의 하루는 생각할 수 없다. 그런데 망치질로 하루가 어떻게 가는지 모르는 시시포스와 그는 다르다. 그의 망치는 토르의 망치처럼 하늘을 날기도 하다가, 때로는 망치를 들고서 봄날 지는 꽃잎이 되고, 손가락이 잘리고 온몸이 끓어 넘쳐도 쓰러질 수 없는, 꼿꼿이 서서 버텨야 하는 망치의 표적들이 되고, 말처럼 바람 한 번 갈라보지 못하고 고철 통에 버려지는 근육질의 시간이 될지라도 바람을 가르는 날들을 꿈꾸며 멈출 수 없는 망치질, 그렇게 그의 망치는 밥을 만든다.

그가 돌고 돌아 회귀하는 곳은, 망치를 들어야 하는 공장은 아니었으리라. 아이들이 어떻게 컸는지도 모르며, 망치질로 키운 아이들은 자라서 품을 떠났지만, 오히려 망치를 놓는, 회귀하고 싶지 않은 그곳의 망치와 분리되는 순간이 두려운지도 모른다.

그의 망치는 밥이다. 그의 망치는 그의 밥만 살피지 않는다. 이국에서 밥을 찾아 날아와 피어보지도 못하고 꽃무덤이 된 소녀들의 밥을 걱정하고, '사랑한다'고 어머니께 건네받은 밤의 말을 전하며, 밥줄을 위해 밥줄을 걸다 굽어진 하루를 끌고 당산나무가 된, 바람구멍을 안은 어머니와 아버지를 안는다.

투박한 땀방울로 뭉쳐진 망치의 가슴에도 외로움의 바람은 든다. 고된 일과 속에 점점 무거워진 몸, 잠시 접어 두리라던 날개를 잊고, 앞만 보고, 밥만 보고 내리치던 망치질 속에 불쑥, 외로움을 부르는 그런 날을 핑계 삼아 옛 이름들 되뇌며 옹이가 된 사랑도 더듬어 본다. 이상하다. 불쑥 찾아든 외로움의 길 속에서 만나는 추억 자락을 펴면 그때처럼 젊은 힘이 솟는 것은 현재의 힘겨움을 이겨내는 처방전도 많다는 것이지 않을까? 그런 추억의 힘으로 지금보다 더 먼 날을 걷는 망치질은 아직도 꿈을 꾼다. 높지 않아도 철학 하는 망치. 주변의 아픔을 나누어 품으려는 망치, 두려움도 알고, 아픔도 알고, 사랑할 줄 아는 그런 망치다.

한 세기의 중후반 어디에서 망치로 배를, 비행기를, 탱크를, 밥을 만들며 '당신은 누구냐' 고 자기 스스로 관찰하고 반성하는 자조(自照)의 화두를 던지고, 별이 빛나기를 꿈꾸는 망치에 이끌려 나는 누구인지 찾아봐야겠다.

(허영옥 시인)

세 번째 이야기

이 땅 노동자에게 던지는 원초적인 질문

흔히, 시인은 고독한 철학자라고 하지 않았던가, 표성배 시인의 시집 『당신은 누구십니까』는 이 땅 노동자에게 던지는 원초적인 질문 같다.

이번 시집에 수록된 시를 읽다 보면 평소의 그와는 다르게 외로움이 짙게 배어 있는 시편을 만나게 되는데, 얼마나 외로웠으면, '벽 앞에 서서 물어볼 데가 없다'고 하겠는가. 심지어 '누군가 자기 손도 살포시 잡아주기를' 고백한다. 그러면서도 우리가 살고 있는 이 부조리한 사회와 특히 노동자 삶에 대한 고민과 고뇌가 시집 곳곳에 녹아있다. 특히, 공장에서 함께 부대끼는 동료와, 일터에서 쫓겨난 형들과 비정규직 노동자와 외국인 노동자를 시집 전편에 불러내고 있다. 그리고 아버지 어머니에 대한 애틋함이 묻어있는 시편들을 읽을 때는 첫 공장에 출근하던 내 손을 살며시 잡아 주던 어머니 생각이 떠오른다.

사실 이 사회를 지탱하는 계층이 노동자라고 해도 과언이 아니다. 노동자가 없는 자본주의는 있을 수 없지만, 이 사회의 주춧돌이라고 할 노동자의 삶은 갈수록 나락이다. 이런 노동자의 곁을 지키는 몇 안 되는 시인 중 한 명이 표성배 시인이다. 그런 시인이 묻고 있다. 도대체 당신은 누구냐고, 당신이 이고 살아가는 이 하늘은 누구의 하늘이냐고, 이런 질문 앞에 서고 보니 한편으론 안타까움과 연민이 확 밀려든다.

다음 시를 읽어보자. 표성배 시인이 이 땅 노동자와 이 사회에 던지는 질문이면서 간절한 기도문이라고 해도 되겠다. 언제 시인의 희망이자 이 땅 모든 노동자의 희망이 이루어질지 아득하지만, 우리는 오늘도 희망을 놓아서는 안 된다.

사실 한 두려움이 끝나면 다른 두려움 앞에 서 있었다 봄 햇살마저 지나치는 가난한 골목이 전부였던 시간, 내 마음에는 무슨 간절함으로 꽉 차 있었나 (해고자를 복직 시켜 주세요 고용안정을 바랍니다 비정규직 없는 일터를 만들고 싶습니다 일하다 죽는 노동자가 없게 해 주세요 노동자가 가슴 뿌듯한 그런 사회를 만들고 싶습니다) 지 금도 노동자는 눈앞에 낚싯바늘을 둔 물고기처럼 위태위 태한 시간입니다 (―「제 기도를 누가 들어나 줄까요」 전문)

(정은호 시인)

네 번째 이야기

이상한 나라의 이상한 시인

'(한 번도 날아 보지 못한 새는 하늘이 있는지조차 모른 다)' 하늘 향해 한 번이라도 고개 들어 본 적 있는지? 삶 이 굽지 않기 위해 좀 더 허리를 펼 용기를 가져 본 적 있는지? 시인은 묻고 있다.

 땅은 선량하다 못해 순종하며 만족하는 삶의 상징이

고, 하늘은 지혜롭다 못해 영악한 자들 전유물이어서 탐할 가치가 없다고 여기는 삶이 아니고서는, 땅을 바라보는 이는 어째서 허리가 굽고, 하늘을 올려다보는 이는 땅이 보이지 않을 만큼 배가 나오도록 기지개를 켜는가?

시인은 그동안 출간한 아홉 권의 시집을 통해 임금노동자의 현실을 언급하며 상생하는 삶에 대한 그림을 수없이 그렸다. 이번 열 번째 시집에서는 그가 그린 그림의 어느 지점을 손가락으로 가리키고 있는 듯하다. 지금은 정확한 언어보다 이모티콘 활용을 통해 서로의 교감을 극대화하고 은밀함을 전하는 소통방식을 선호하고 있다.

시인이 이제 세상에 내놓고자 하는 시집에는 손짓과 교감의 장치로 설치해 놓은 괄호( )에 눈이 걸리거나 생각이 맴돌도록 화두 대신 기호로 독자들에게 덫을 던져 놓았다. 그 안에 물음과 답이 있는지, 핵심을 담았는지 모를 일이지만, 그냥 지나칠 수 없도록 해 놓았다. 수학 풀이에서 괄호 안의 수부터 먼저 계산하는 공식을 생각해본다면, 괄호 안에 담은 단어와 문장이 시 한 편의 초점이고 골자가 될 수도 있고, 시인의 속내일 수도 있다.

이번 시집에는 열정 가득했던 공장 생활과 노동 현장의

아픔을 행간에 담아 줄을 바꾸며 힘주던 형식을 지양하고, 짧은 산문시 형식을 통해 담담하게 이야기를 풀어놓지만, 〈이상한 나라의 앨리스〉'의 주인공처럼 이상적이지 못한 노동 현장을 에둘러 고발하고, 정부의 진정성 있는 노동구조개혁과 바람직한 삶을 위한 노동자의 자각을 바라는 메시지를 숨기고 있다. '너 자신을 알라'는 말처럼 노동자가 노동자의 정체성을 확립할 때 굽은 등을 펴고 하늘을 볼 수 있지 않을까.

(참 이상도 하지 천만이 넘는 노동자가 산다는 나라) 대통령도 국회의원도 도지사도 시장도 군수도 노동조합 위원장 하나 제대로 세우지 못하는, 참 이상도 하지 한 번도 이상하다고 느껴보지 못한 너와 내가 노동자로 사는 나라 (—「참 이상도 하지」 중에서) 이 시를 읽다 보면 왜 노동자가 하늘을 볼 수 없는지 알 것도 같다.

(노민영 시인)

꿈은 슬프다

시집 원고를 읽었는데, 소설 한 권을 읽은 듯하다. 공장에 다니지 않지만, 공장이 선명하게 그려지는 것을 보니 내 주위에 누군가는 공장에 다니고 있기 때문이지 않을까. 그리고 음악 하는 나는 프리랜서로 필수노동자에 속하지만 나도 어엿한 노동자이기 때문이지 싶다

시를 대하는 방법은 여러 가지가 있겠으나, 크게 일반 독자와 시를 생산하는 시인, 시를 평가하는 문학평론가 정도로 나눌 수 있겠다. 한 작품을 놓고도 여러 가지 해석이 가능한 이유이다. 나는 시를 쓰는 시인으로서 시를 읽는 독자로써 표 시인의 시집 원고를 읽어 보았다. 독자로써는 아직도 노동 시인? 이런 생각이 들기도 하고(왜냐면, 사실 노동자는 노동 시를 거의 읽지 않는다고 누누이 이야기하던 생각이 난다.) 시인으로서는 공장에 다니면서 공장 이야기를 끝없이 표현해내는 표 시인이 대단하기도 하고 한편으로는 부럽기도 했다.

모든 시인이 그렇겠지만 특히 표 시인은 본인이 늘 하는 말이지만, 노력하는 시인이다. 그래서 시집을 묶을 때마다 좀 더 다르게 묶으려 애쓴다. 그리고 끊임없이 쓴다. 이번 시집을 들여다보면 작품 사이사이 괄호가 등장하는데, 최승자 시집 『쓸쓸해서 머나먼』에서나 볼 수 있는 장치를 해 두었다. 지문이라 해도 되겠고, 시인이 시로 표현하지 못한 부분 아니면, 강조하고 싶은 부분을 묶어 놓았다고 해도 되겠다. 괄호 안과 괄호 밖이 유기적으로 연결되어 하나의 시작품으로 완성된 『당신은 누구십니까』시집

한 때 노동 시는 구호적이고, 투박하고, 직설적인 표현으로 가득했다. 그게 노동 시라는 편견을 무너뜨린 게 표 시인의 시집 『개나리 꽃눈』과 『공장은 안녕하다』 이지 않을까 한다. 2006년에 발표한 시집이다. 정우영 시인은 그의 시를 '…그에게서 노동 시의 아름다운 진전을 본다. 지금 여기서의 삶이 온전히 살아 있는 서정시의 빛나는 현재를 읽는다.'고 하지 않았던가. 이번 표 시인의 시집도 공장 이야기가 대부분이지만 가슴 속에 녹아드는 서정으로 가득하다.

해마다 멈추지 않고 꽃을 피워내는 너의 노동에 또, 가

승이 뜬다는 첫 작품 (―「봄이면」)을 시작으로 꿈꾸지 않아
도 될 수 있는 게 노동자라면 정말, 꿈은 슬프다 (―「꿈은
슬프다」)로 매조 짓는 한 권의 시집, '(나는 그의 꽃말인
'숭고한 정신과 우애'를 믿는다)', '그러나, 그러나 지치
지 않고 달리는 시간 앞에서', '사실, 지난날 쏟았던 열정
에 관해 물어볼 데가 없다', '한 번도 날아 보지 못한 새
는 하늘이 있는지조차 모른다', '(그럼, 그동안, 내가 꾼
꿈은 어디로 갔나)' 이런 구절을 읽다 보면 공장 노동자로
서 정년을 앞둔 나이이지만 아직도 꿈을 꾸고 있다. 그가
꾸는 꿈은 아주 소박하다. 그러나 사람이 사람답게 사는
최소한의 조건에 대해 이 시집을 통해 말하고 있다.

쇼팽의 녹턴은 장조(major) 선율이지만 단조(minor) 같
은 선율이 사로잡듯이 표 시인의 시에서도 장조 선율 같
은데 원초적인 노동자에 대한 사랑과 연민, 그리고 슬픔
이 베이스로 깔려있다. "무엇보다 꿈꾸지 않고도 될 수
있는 게 노동자라면 이 땅 노동자는 슬프다"

(최상해 시인)

시의 중심은 노동이다

아마 1989년이었을 것이다. 표 시인을 만난 게, 옷깃만 스쳐도 인연이라는데 34년, 〈고주박〉이라는 동인 활동을 하던 때였다. 마산 창동과 어시장 불종거리에 살다시피 했던 시절, 아득하지만 지금도 '책사랑'과 '유리동물원', '양산박' 골목이 눈에 선하다. 함께 활동했던 〈고주박〉에는 방송대학교 출신 동인이 몇 있었는데 아마도 그 인연으로 표 시인을 만나게 된 것 같다. 첫인상은 짧은 스포츠머리에 작업복 차림이었던 것 같다. 누가 봐도 문학보다는 노동운동에 더 가까워 보였다. 또, 그가 써 온 시 작품은 시적 승화가 전혀 되지 않았고, 높은 목소리로 가득했다. 사실 나는 그때 문학보다는 운동에 매진하기를 마음속으로 바랐는지 모른다.

그러던 그가 이번에 열 번째 시집 『당신은 누구십까』를 묶는다. 그것도 보통의 시집 뒤에 붙이는 해설이나 시인의 산문이 아니라 함께 활동하는 동인 목소리를 모아 묶겠다니 그의 발상에 표성배 답다고 생각을 한다. 내가 알

기로 표 시인은 노동에 지친 몸이지만 새벽 5시면 출근하여 동료들이 출근하기 전에 홀로 컨테이너 사무실에서 책을 읽고 시를 쓰고 한 것이 언제 적부터인지 모른다. 그런 노력의 결과가 지금 표 시인을 만들었다고 본다. 이쯤에서 처음 그를 만났을 때 가졌던 나의 선입견이 틀렸다고 고백해야겠다.

칼 막스는 "시는 우주의 중심이"라고 했지만, 지금까지의 행보만을 놓고 보면 표 시인에게만은 "시는 노동의 중심이"라고 해도 되겠다. 어느 시인이 한결같이 공장을 노래하고 공장에서 부대끼는 동료의 어깨를 감싸주고 노동자의 권익과 노동자의 인간다운 삶을 위해 끊임없이 시적 횡보를 할 수 있겠는가. 찬탄하지 않을 수 없다. 그리고 그는 수없이 시의 행간에 찍어 놓았지만, 열다섯에 철공소 생활을 시작했다. '누런 월급봉투를 처음 받았을 때 밀려오던 그 벅찬 떨림'을 잊지 않기 때문에 노동을 배신하지 않고 지금까지 노동자 곁에 머무는 것인지도 모른다.

무엇보다 그는 전통적인 문학 공부를 한 적이 없다. 초등학교 졸업 후 검정고시와 방송통신대학교를 졸업한 내력처럼 문학 역시 독학으로 한길을 걷고 있다. 문학에 대한 열정이 얼마나 대단했는지는 고인이 된 정규화 시인과의 만남에서도 여전하여 정규화 시인조차 그의 어깨를 두드려 주지 않을 수 없었다. 그의 작업복 주머니에는 늘 서너 편의 습작품이 있었고, 적당하게 분위기가 오르면 스스로 시를 낭송하고 그 자리에서 적나라한 시평을 듣고 수정하는 열정은 과히 독보적이었다. 이런 노력이 오늘날 그를 시인으로 만들었을 것이다. 어디 그뿐인가 그가 살고 있는 집에는 흔히 놓여 있는 소파조차 없다. 벽면이 온통 책으로 가득하다.

쉼 없이 노동 현장을 누비던 그도 이제는 정년을 앞두고 있다. 누구보다 먼저 시작한 노동의 굴레에서 벗어나 좀 더 폭넓은 그 만의 시 세계를 펼쳐 보이면 좋겠다. 그는 열 번째 시집에서 그의 애정의 대상인 노동자에게 "당신은 누구십니까"하고 푸른 죽창을 쓱 내밀고 있다. 그리고 다음 시를 보면 앞으로 펼쳐질 표 시인의 시 세계를 잠시 엿볼 수 있지 않을까 한다.

'생각의 끝은 입인가요 어머니 가슴이 뜨겁습니다 눈물이 납니다 (어머니) 애야, 가슴을 함부로 내보이지 말거라 생각이 어디를 향해 있는지 입을 보면 안단다 애야 (―「생각의 끝은」 전문), 여기서 입은 명사이지만 말과 행동을 수반하는 동사로 해석함이 옳을 것이다. 그의 시적 횡보에 함께 할 수 있어 동인의 한 사람으로서 고맙다.

(이규석 시인)

당신은 나입니다

하룻밤에 여우가 복새(구르기)를 세 번 넘으니 무덤이 열리고 여우는 사람으로 변했다. 여기 노동의 여우가 복새(구르기)를 넘고 있다. 꿈쩍도 하지 않던 노동의 본질이 무지개로 떴다가 소낙비로 내린다. 그건 기승전결 예측 가능하다. 그러나 무지개 위를 걸어서 땅 위로 내려서는 노동의 원형은 예측 불가다. 노동은 언제나 땅 위에서 뻴뻴 땅만 보았고, 하늘은 무시로 무지개를 그렸지만, 축복이 없었으므로 비는 내리지 않았다. 그러니까 당신은, 당신은 어머니도 아버지도 세울 수 없었던 신기루에 못을 탕탕 박으며 노동을 붙들고 놓지를 않았다.

다시 태어난 노동은 이미 태곳적부터 존재하던 어미 자

궁 속의 유영에서 시작되었고, 경주하던 올챙이 떼에서 시작되었건만 누가 노동을 우리들의 몫이라고 못 박았는가? 생의 본질이 노동인데 누가 우리에게 망치를 쥐어주었나? 호미질 괭이질에 못 박힌 노동에 바람처럼 불어서 니들의 머릿속으로 진입하라고 호통이 아니라 저.으.기. 누르는 눈빛으로 일타를 날렸다. 쓰읍! 방울뱀 소리를 내며 그가 일별한다. 노동자 너는 바로 너야! 너라니까?

(박덕선 시인)

■ 수/우/당/시/인/선